हसरतें ज़िंदाबाद

[ग़ज़ल और कविताएँ]

हसरतें ज़िंदाबाद

अमिताभ बुधौलिया

प्रलेक प्रकाशन

*in association with JVP Publication Pvt. Ltd.

प्रलेक प्रकाशन एवं जेवीपी पब्लिकेशन का लोगो विश्व प्रसिद्ध महान चित्रकार **मिकी पटेल** ने बनाया है।

पहला संस्करण : 2020

ISBN : 978-81-945444-8-7

प्रकाशक
PRALEK PRAKASHAN PVT. LTD.

वितरक
JVP PUBLICATION PVT. LTD.
602, Avenue—I, Building No. 3, Rustomjee Evershine
Global City, Virar (west), 401303
Cell : 9833402902 / 7021263557
Email : pralek.prakashan@gmail.com, jvp.publications@gmail.com
Website : www.jvpcorporate.com

हसरतें जिंदाबाद : अमिताभ बुधौलिया
Hsaratein Zindabad : *Gazals & Poems* of Amitabh Budholia

आवरण : JVP Publication Pvt. Ltd.

पुस्तक सज्जा : JVP Publication Pvt. Ltd.

आम जनता को समर्पित

क्रम

ग़ज़ल

1

जुस्तजू जिसकी थी; वो होने को है
अँधेरा छँटने को है; सुबहा होने को है

चाँद-तारे भींच लो; दोनों मुट्ठियों में
ढलती हुई रात है; सुबहा होने को है

क्यूँ करते हो फिकर; दीयों को लेकर
रोशनी पुरजोर है; सुबहा होने को है

खोलकर आँखें जरा खिड़की से झाँको
सूर्य चौखट पे है; सुबहा होने को है

2

गुफ्तगू होगी; तो मसले सब हल होंगे
देखना; इक रोज हम भी सफल होंगे

कितने भी बिल बना लो; इस जमीं पे
इक रोज मगर; सभी सर्प बेदखल होंगे

जो सोचते हैं, नींद में ही सपने आते हैं
वे सोये हुए लोग; यकीनन बेअकल होंगे

आज न सही; वजूद मेरा किसी निगाह में
पर यकीं है; मेरे हुनर के चर्चे कल होंगे

जो लिखी है ग़ज़ल जरूर वो रंग लाएगी
बेशक उस महफिल में हम न कल होंगे

3

साजिशें बहुत हैं हमारे दरमियाँ; ऐसा क्यूँ है
जब भी मिलते हैं; गले मिलते हैं, ऐसा क्यूँ है

तुम्हारे हरेक इशारे पे लाखों हुए फना
हम मर सके और न जी, ऐसा क्यूँ है

कितनी ऊँची है हवेली, मगर गौर करो
तुम जमीं ताकते; हम आसमाँ, ऐसा क्यूँ है

एक ही चूल्हे पे बनाया करती थी माँ रोटियाँ
तुम्हें फूली मिलीं, हमें जली; ऐसा क्यूँ है

कितनी मशालें जली थीं, भीड़ भी बेशुमार थी
कुछ भी न बदला मगर मुल्क में; ऐसा क्यूँ है

4

बगीचे के फूल तुम्हारे; मेरी किस्मत में काँटा क्यूँ है
बागवाँ दोनों, तुम्हें लाभ; मेरी किस्मत में घाटा क्यूँ है

दोनों खड़े हैं समंदर किनारे; लहरों के इंतजार में
पाँव चूमे ज्वार तुम्हारे, मेरी किस्मत में भाटा क्यूँ है

दोनों समान नागरिक हैं इस मुल्क के; फर्क देखो
अमीर सिर-आँखों पे; मेरी किस्मत में चाँटा क्यों है

कहते हैं; रब किसी के साथ भेदभाव नहीं करता
तुम धन-धान्य; गीला मेरी किस्मत में आटा क्यों है

5

सिर्फ ख्वाब देखा और डर गए तुम
गर साकार करा देता, तो क्या होता

ये तो सिर्फ दीया जलाया है हमने
मशालें भड़का देता, तो क्या होता

चुप हूँ, फिर भी इतना सख्त पहरा
गर हुँकार लगा देता, तो क्या होता

चलो माना हुक्म तुम्हारा अंतिम सत्य
कभी सिर उठा देता, तो क्या होता

6

हसरतें ज़िंदाबाद; रुवाब ज़िंदाबाद
मेरी आँखों में; तिरे ख्वाब ज़िंदाबाद

जब तक रहेंगे सूरज; चाँद ये सितारे
मेरे इश्क़ का गुमां; सुभाव ज़िंदाबाद

मिरा ख़ूँ इंक़लाबी; जज्बात में जुनूँ
मेरी हर एक शै में; सवाब ज़िंदाबाद

साँसें रुकीं-जमीं-सी, फिर से धड़क उठेंगी
सीने में दफ़्न ज्वार-सा; शबाब ज़िंदाबाद

आजमाके देख ले तू; इम्तिहान में मुझे
तिरे सवालों पे; मेरा जवाब ज़िंदाबाद

7

न हिंदू हूँ; न मुस्लिम, न मैं सिख-ईसाई हूँ
न मैं दलित-सवर्ण जात; मैं बस इक सौदाई हूँ

जो भी निकले छेड़ रहा था; वो बेबस-सी खड़ी रही
मिमियाने-से सुर में बोली; गाँव की भौजाई हूँ

दफ्तर-दफ्तर चक्कर काटा, नहीं दिखा कोई अंतर
अफसर बोला ठेंगे पे सब; सरकार का जमाई हूँ

राजनीति हूँ; चरित्र स्त्री-सा; क्या समझेगा मुल्क हमें
सेंको रोटियाँ; घर-घर चूल्हों में ऐसी आग लगाई हूँ

8

जब से हुक्मरान गुंडे हो गए
शहर-दर-शहर दंगे हो गए

कल तक जो शराफत दिखाते थे
झूठ पकड़ते ही सब नंगे हो गए

चुनाव में खून-पसीना एक किया
सरकार बनते ही निकम्मे हो गए

बड़े मौकापरस्त निकले ये चमचे
कल दंडवत थे, आज खंभे हो गए

कुछ दूर ही चले गांधी के रास्ते
स्वार्थ के वास्ते भैरंट पंगे हो गए

कई रोज से भूखे-प्यासे थे इंक़लाबी
रेवड़ियाँ बँटते ही सब चंगे हो गए

9

वो आदमी भूख से नहीं; खा-पीकर मरा है
पता नहीं इस अन्न में; किसने जहर भरा है

जिस रब से तू माँगता है हिफाजत अपनी
कभी पूछ उससे; खुद किस कदर डरा है

किनारे बैठकर भी तू प्यासा ही रहेगा
समंदर तो बड़ा है; मगर पानी बुरा है

खेत-बाग सब बंजर और आसमाँ बदरंग
हर शख्स की आँखों पे; यहाँ चश्मा हरा है

10

इतने बेफिक्र हो अगर; आँखों में डर क्यूँ है
महफूज नहीं जो घर, उस घर में बसर क्यूँ है

जहाँ न रोशनी मिलती है; न खुलकर हवा
ऐसे बट वृक्षों के नीचे फिर गुजर क्यूँ है

कब तक भटकोगे भूल-भुलैया सी राहों में
जहाँ कोई मंजिल नहीं, वहाँ डगर क्यूँ है

है यकीं कि प्यार नहीं है कुछ और है ये
ना-नुकुर कैसी, शब्दों में अगर-मगर क्यूँ है

न तो दूर रहते हो और न ही संग चलते हो
मिरे संग तिरा ये अजीबो-गरीब सफ़र क्यूँ है

11

क्यूँ करते हो गदर, हिंदुस्तान तेरा भी है
गर जमीन मेरी है, आसमान तेरा भी है

पत्थर फेंकने से पहले आँख खोलकर देखो
यहाँ सर मेरा है, तो मकान तेरा भी है

जला तो दोगे बस्तियाँ, फिर पछताओगे
यहाँ घरबार मेरा है, तो सामान तेरा भी है

कद्र करो हर मजहब की चाहे मैं हूँ या तुम
अगर खुदा मेरा है, तो भगवान तेरा भी है

इस मुल्क को न आने पाए आँच कोई
ये ख्वाब मेरा है, तो अरमान तेरा भी है

12

ये सरकार तुम्हारी है, दरबार तुम्हारा है
हुक्म सिर आँखों पे, हर बार तुम्हारा है

फूँक दो सारी बस्ती, कौन रोकेगा यहाँ
हर शख्स तुम्हारा है, घरबार तुम्हारा है

जैसे चाहे वैसे इस्तेमाल करो हमको
गर्दन तुम्हारी है, हर वार तुम्हारा है

किसकी मजाल, इंक़लाब बोले यहाँ
छत तुम्हारी है, परिवार तुम्हारा है

13

साब चने के झाड़ पे हैं
ऊँट सभी पहाड़ पे हैं

दुम दबाये शेर बैठे हैं
गधे सभी दहाड़ पे हैं

स्वाभिमानी रखे टांड पे
चमचे सभी लाड़ पे हैं

दूर हटो ये दुनियावालो
नेता सभी सांड पे हैं

दरबार में बड़ी उछलकूद है
मुद्दे सभी ताड़ पे हैं

14

ये क्या बेहूदा सवाल है
ये थोड़े आपातकाल है

बा मुलाहिजा होशियार!
गर जुबाँ पे कोई सवाल है

हमने ही चुनी है ये सरकार
फिर किसलिए बवाल है

सिर झुका कहता है इंक़लाब
वो आदमी बड़ा कमाल है

मुल्क तुम्हारा है, तो सबूत दो
इसमें कौन-सा मलाल है

जिसके भरोसे है इज्जत तेरी
जनाब, वो आदमी दलाल है

सियासत अभी बाकी है मेरे दोस्त
आगे-आगे देखो और भी धमाल है

15

मुँह में कुछ रखा है, तो फौरन दिखाइए
खबरदार गर जुबाँ है, तो सँभल जाइए

सबकुछ पहले ही तो जैसा है देश में
कहीं कुछ बदला हो, तो सँभल जाइए

गांधी बनकर एक चाँटा खाने में क्या हर्ज
दूसरे गाल पर कोई मारे, तो सँभल जाइए

गुंडे क्या करेंगे, थोड़ा लूटेंगे-मारेंगे; लेकिन
सामने अगर पुलिस हो, तो सँभल जाइए

बाहर की दुनिया इतनी भी बुरी नहीं है लड़कियों
घर में ही लगे कुछ अजीब सा, तो सँभल जाइए

16

रोज देखता हूँ, सूरज पूरब से ही क्यूँ निकलता है
निकला तो ठीक; पर पश्चिम से ही क्यूँ ढलता है

आसमाँ कभी बदलता नहीं, चाहे दिन हो या रात
यह चाँद; फिर अँधेरा होने पर ही क्यूँ मचलता है

दोनों आँखों से देखने पर और भी साफ दिखता है लक्ष्य
सटीक निशाना फिर एक आँख मींचकर ही क्यूँ घलता है

बड़ी विचित्र हैं इन हवाओं की आदतें; आखिर क्यूँ
जिस फूँक से बुझता चूल्हा; उसी से ही क्यूँ जलता है

गर आगे निकलना है दौड़ में; फिर ऐसा क्यूँ
हमेशा भीड़ के पीछे-पीछे ही; क्यूँ चलता है

ये इश्क़-विश्क का ज्ञान-विज्ञान और समझ से परे है दिल
जिस पे फिसलता है; फिर उसे देखकर ही क्यूँ सँभलता है

17

अगर बैठे रहे मुँह में बताशा भरके; तय है
किसी दिन मुँह खोलना भी जुर्म हो जाएगा

गर्दनें भी आधार से लिंक करा दी जाएँगी
और फिर सिर उठाना भी जुर्म हो जाएगा

हर घर की होगी CCTV से निगरानी और
बिना आदेश आना-जाना भी जुर्म हो जाएगा

हरेक नाक पे बैठा दिया जाएगा चुंगी-नाका
नाक ऊँची करके चलना भी जुर्म हो जाएगा

देश में लागू हो सकती है ऐसी भी एनआरसी
अपनी माँ को माँ कहना भी जुर्म हो जाएगा

गर न बोला हल्ला तानाशाहों के खिलाफ; तय है
सिवाय जी-हुजूरी कुछ करना भी जुर्म हो जाएगा

18

झुका सकता हूँ सारी दुनिया को
आम आदमी हूँ, तो क्या हुआ

जो भी हूँ, पर हूँ स्वाभिमानी
बेनाम हूँ, तो क्या हुआ

सुकूं न मिले कहीं; आना यहाँ
श्मशान हूँ, तो क्या हुआ

तीर लगेगा कभी तो निशाने पर
टूटा कमान हूँ; तो क्या हुआ

बड़ा तजुर्बा है जिंदगी का
नौजवान हूँ; तो क्या हुआ

19

भरके बैठा हूँ कब से मैं बरसने को
रूठी है कहीं कोई जमीं तो बताइए

जीभर के देखिए मिरी शख्सियत को
छूटी है कहीं कोई कमी तो बताइए

ये जो आँखें हैं, डूब के देखो इनको
झूठी है कहीं कोई नमी तो बताइए

20

खाता न बही है; हुजूर जो कहें; वही सही है
हमने हाँ न कही, मगर न भी तो न कही है

कैंची सी चलती हैं; जुबां फायदे की बात पे
कायदे की बात पे; मुँह में जमा रखा दही है

आज उनके हाथ लाठी देखके; उनकी हो ली
कल तक जो भैंस; मेरी बाख़र में बँधी रही है

अकसर पल्ले नहीं पड़तीं ये सरकारी भाषा
अखबार लिखते हैं, आदेश सरल व सही है

कई जज गुजरे; वकील गुजरे व साल गुजरे
ये अदालत वही है, और ये केस भी वही है

21

उन्मादी भीड़ लेकर; जो गांधी की बात करते हैं
गोडसे से बड़े हिंसक; मुल्क पे जो घात करते हैं

हल्ला बोलो; गद्दारों के खिलाफ मिलकर सभी
बात-बेबात पाकिस्तान की जो वकालात करते हैं

जेएनयू हो, शाहीन बाग या फिर जामिया का हुड़दंग
ये इंक़लाबी नहीं; वतन से जो विश्वासघात करते हैं

मुमकिन है आजादी मिलेगी; मगर दुनिया से उन्हें
हिंदुस्तान के संविधान पे जो सवालात करते हैं

22

मेरे घर में रात है; तो तेरे घर सवेरा क्यूँ है
बराबर जला है; तो दीया तले अँधेरा क्यूँ है

ये जिंदगी की मृगतृष्णा है या कुछ और
जमीं गर बंजर है; तो जंगल घनेरा क्यूँ है

सबकुछ तो बराबर बँटा था; हमारे दरमियाँ
घर जब गैर है; तो घर का सामाँ तेरा क्यूँ है

जिसके खौफ में जीती हैं इंसानी बस्तियाँ
वो आदमी दबंग है; तो सुरक्षा का घेरा क्यूँ है

बड़ी शांति है कश्मीर में; पढ़ा करता हूँ
हर तरफ सूकूं है; तो सेना का डेरा क्यूँ है

23

इन आँखों में ये नमी-सी क्यूँ है
सबकुछ है; मगर कमी-सी क्यूँ है

सभी ख्वाब में हैं; चाँद पे सवार
ये जो जमीं है; मगर थमी-सी क्यूँ है

शनै-शनै सब पिघल रहे ग्लेशियर
बेकरारी है; मगर जमी-सी क्यूँ है

लाजिमी है ये दुनिया बदलेगी
आवाज बुलंद है; मगर गमी सी क्यूँ है

हिफाजत के इंतजाम मुकम्मल हैं
आजादी है; मगर सहमी-सी क्यूँ है

24

जाना ही था गर तुमको; पैरों के निशां क्यूँ छोड़े
इस घर के हर कौने में; थोड़े-से सामाँ क्यूँ छोड़े

जिसके हिस्से का जो था, सबकुछ तो लौटा दिया
फिर इन सूनी आँखों में; थोड़े-से अरमाँ क्यूँ छोड़े

खुशियाँ बाँटीं, दुख बाँटे, पाप-पुण्य तक बाँट लिया
फिर इस खाली मुट्ठी में; थोड़े-से करमा क्यूँ छोड़े

25

ढूँढ़ने निकले हो भीतर का सत्य अगर
कभी गोंडसे; कभी गांधी बनकर देखो

हौले-हौले कब तक बहोगे हवा की तरह
इक बार सही; कभी आँधी बनकर देखो

तुमने ही तो उगाई थी खेतों में खरपतवार
न हो हताश; कभी बर्बादी बनकर देखो

बड़ा मुश्किल है; मरकर भी सुकूं पाना यहाँ
महापुरुषों सी; कभी समाधि बनकर देखो

26

उधड़ी है जिंदगी जो; तुरपाई कर रहा हूँ
गुजरी है दिल पे जो; भरपाई कर रहा हूँ

टुकड़ों-टुकड़ों में गँवाई हैं, जो साँसें हमने
कतरा-कतरा फिर जो; कमाई कर रहा हूँ

खुला रखा था दरवाजा; हवाएँ आती गईं
घर में भरी दुर्गंध जो; सफाई कर रहा हूँ

देरी से सही; पर फूटेंगी कोपलें इक दिन
सपनों के बीज से जो; बुआई कर रहा हूँ

27

हवाओं का रुख; कुछ-कुछ अजीब-सा लगता है
ये मौसम भी कुछ-कुछ नसीब-सा लगता है

जब भी मिला, शिद्दत से मिला; फिर क्यूँ
उसका स्पर्श कुछ-कुछ अजीब-सा लगता है

फक्र होता था; जब गाँव छोड़कर आया था
अब शहर; कुछ-कुछ बदनसीब-सा लगता है

कभी दिखा नहीं; उसकी आँखों में कोई राज़
वो बंदा अब कुछ-कुछ रक़ीब-सा लगता है

28

धूप में खड़े होकर शाम का ख्याल अच्छा है
गोधुली बेला में सुबह का ख्याल अच्छा है

बचपन में अकसर सब बड़ों-सी बातें करते हैं
बड़ों की उम्र में बचपने का ख्याल अच्छा है

चाँद तक जाने की कोशिशें विफल सहीं
चाँद जमीं पर लाने का ख्याल अच्छा है

सब धर्म-ग्रंथ पढ़े कोई ज्ञान नहीं मिला
अज्ञानी होकर जीने का ख्याल अच्छा है

बड़े झगड़े देखें हैं हमने बड़े-बड़े घरानों में
छोटे-से घर में रहने का ख्याल अच्छा है

उस कुम्हार के घर भी हो जाएगी रोशनी
माटी के दीये जलाने का ख्याल अच्छा है

29

हवाओं का झूला होगा; आसमाँ की टहनी
चाँद तक झूला करेंगे; यही मेरा ख्वाब है

तू देखना किसी रोज भरी होगी मेरी मुट्ठी
नाकाम हरेक वक्त को; यही मेरा जवाब है

वक्त की पीठ पर बैठा हूँ और पैर हवा में हैं
अब जिद ही मेरा हौसला; यही मेरा रकाब है

उम्र क्या रोकेगी मुझको; मंजिलों के वास्ते
हर दिन नई इक जिंदगी; यही मेरा शबाब है

लड़ता रहूँगा जीत तक; चलता रहूँगा अंत तक
संघर्ष का इतिहास हूँ; यही मेरा लब्बोलुआब है

रकाब—घोड़े की काठी का झूलता पायदान।

30

राख से अंगारे निकाल के लाया हूँ
मुट्ठी भर उम्मीदें संभाल के लाया हूँ

चलो जलाते हैं मसालें इंक़लाब की
चंद क्रांतिकारी कमाल के लाया हूँ

फटते ही चूलें हिल जाएँगी सरकार की
ये जो बारूद है न, देखभाल के लाया हूँ

अहिंसा परमो धर्मः इसी उद्‌देश्य को लेकर
कुछ झटके, कुछ मुर्गे 'हलाल' के लाया हूँ

31

धूप के मौसम में छांव तलाशा करता था
डूबने की उम्र में नाव तलाशा करता था

सबकुछ हारकर भी नहीं मन भरा कभी
जीत की हद तक दाँव तलाशा करता था

बिना छाले पाँव कभी सफर में नहीं उठते
इसी जिद में नया घाव तलाशा करता था

गाँव-गाँव तक पहुँच गई शहरी हवा मगर
मैं शहर में अपना गाँव तलाशा करता था

32

ये जो मकां देखते हो, कभी घर हुआ करता था
जिसे लांघा है तुमने; कभी दर हुआ करता था

बे-नागा चक्कर काटता था इन गली-चौबारे में
सुबह-शाम; यही कभी सफर हुआ करता था

ये जो मुर्दनी सी छाई है चहुँओर, याद है कुछ
इन्हीं खंडहरों में; कभी बसर हुआ करता था

वो जो खाट पे पड़ा है, कृशकाय आदमी
इक वक्त में; कभी जबर हुआ करता था

जुबाँ पे ताला डालकर बैठ गया है वो रहनुमा
जिसका हर कथन; कभी खबर हुआ करता था

33

कुछ भी तो नहीं हुआ था कल उस बाजार में
दंगा भड़का खबर पढ़ते ही आज अखबार में

बहुत जोश है उसकी कलम में लोग यही कहते हैं
धजी का साँप बनाने का हुनर है घाग पत्रकार में

हुक्म था; जब तक न कहें खामोश रहेगा शहर
क्योंकि कसीदे पढ़े जा रहे थे राग-दरबार में

सीना चौड़ा करके बैठे थे भ्रष्ट और निकम्मे
बकलोली की शर्त लगी थी आज सरकार में

34

तिरी बस्ती में अजीबो-गरीब मंजर क्यूँ है
रेत के घर हैं, बाजू में फिर समंदर क्यूँ है

जब भी छुआ मुझे, कुछ चुभन-सी हुई
तू दोस्त है मिरा, पीठ में फिर खंजर क्यूँ है

देखा है तेरी ख्वाहिशों को आसमाँ छूते
तू आजकल घर के फिर अंदर क्यूँ है

माना कि कोई गम नहीं हमसे बिछुड़ने का
इस कदर तिरी आँखों में फिर समंदर क्यूँ है

दुनिया जीतने से बेहतर लगा खुद को हारना
तिरे मुकद्दर में कुछ नहीं, फिर सिकंदर क्यूँ है

35

अफवाह है कि भूख से लोग मर जाते तो हैं
गाँव-गाँव टॉयलेट हैं, यानी लोग खाते तो हैं

सुना है परवरदिगार खुद के अंदर है, फिर भी
मंदिर-मस्जिद-चर्च-गुरुद्वारे लोग जाते तो हैं

मान लेते हैं कि गरीबों से घिन आती है, मगर
दूर से सही, रोटियाँ अमीर लोग लुटाते तो हैं

जब से आया है कानून आरटीआई का; सच में
बस भगाते नहीं, पर अफसर लोग; सताते तो हैं

36

कितने खुशनसीब रहे होंगे परिवार उन किसानों के
बराबर बँटा सबमें जहर, कहीं कोई जूठा नहीं मिला

कौन-सी माटी के बनाते हो भगवन ये पाप के घड़े
अच्छे से परखा-जाँचा, कहीं कोई फूटा नहीं मिला

जहाँ बाँधे जा सकें लोकतंत्र के बेकाबू ये चारों खंभे
किसी भी जमीं पर ऐसा, कहीं कोई खूँटा नहीं मिला

सब 'हुआ-हुआ' करके बोल रहे थे जै-जै सरकार की
सबके हाथ में लड्डू थे, कहीं कोई रूठा नहीं मिला

सारी दुनिया छान ली, खुद में भी झाँककर देख लिया
सब हरिश्चंद की औलाद हैं, कहीं कोई झूठा नहीं मिला

37

है गर यकीन खुद पे; तो न करो शक हर बात पे
कोशिश करो तभी; इक काम कोई अच्छा होगा

जरा-सी हवा से हिल गई गर बुनियाद तो तय है
वो घर नहीं होगा; इक मकान कोई कच्चा होगा

मुमकिन है रोज धोखे मिलें रास्तों में; फिर भी
कभी न कभी इक मुकाम कोई सच्चा होगा

जो कह देगा बात बेबाकी से अपनी तुमसे
वही दिल से इक इंसान, कोई बच्चा होगा

38

डूब गए सब चौके-चूल्हे,धन-धान सभी के डूब गए
डूब गए सब घर-आँगन, सामान सभी के डूब गए

तुम्हें मुबारक हो ये बारिश और ऊँचाई बाँध की
गाँव नहीं डूबे, जीते-जी सम्मान सभी के डूब गए

अहंकार से भरे हुए हैं; कंठ-कंठ तक बाँध सभी
यहाँ गले में साँसें अटकीं; मान सभी के डूब गए

वर्तमान और भूत-भविष्य, मिट गई सबकी हस्ती
गाँव नहीं डूबे, जीते जी; अरमान सभी के डूब गए

39

जो ख़िलाफ़ हैं, रहने दो; कोई बात नहीं
खतरा वो हैं, जो साथ होकर भी; साथ नहीं

देखना है जो मशालों की लौ, थोड़ा रुकिए
ये तो अभी शाम है; काली-अँधेरी रात नहीं

गजब सर्कस हो चला है; ये जम्हूरियत भी
नेताओं सी नासपिटी; कोई जमात नहीं

आँख मूँदके सोच लिया कि सब बढ़िया है
इससे बड़ा देश के साथ; विश्वासघात नहीं

अवाम को गधा जानकर मत करो सवारी
तभी तक ठीक; जब तक पड़ेगी लात नहीं

दूरियाँ जिस्मानी रखो, मगर दिलों से नहीं
बात करते रहो सबसे, भले मुलाकात नहीं

40

इस तरह मुस्कराने की वजह क्या है
नजर उठाके गिराने की वजह क्या है

ये इश्क़ नहीं, इतना तो यकीं है
फिर दिल चुराने की वजह क्या है

यूँ तो कहते हो; खुली किताब हो तुम
फिर ये राज़; छुपाने की वजह क्या है

दूसरों का दर्द तुमसे देखा नहीं जाता
हमें फिर यूँ सताने की वजह क्या है

चलो मान लिया; मोहब्बत नहीं तुमको
फिर यूँ करीब आने की वजह क्या है

गर कुछ भी नहीं लगता तुम्हारा तो
ये हमदर्दी जताने की; वजह क्या है

41

ख्वाहिशें बहुत हैं, देखते हैं क्या होता है
कब-कब होता है और क्या-क्या होता है

बीज तो कब से बो रखे हैं, बस इंतजार है
फसल कब होती है और क्या-क्या होता है

चल पड़ा हूँ, तो रुकने का सवाल ही नहीं
देखते हैं मेरे साथ और क्या-क्या होता है

हार मान लूँ ये असंभव है, यहाँ आकर
देखते हैं; आगे और क्या-क्या होता है

42

गर प्यार था, तो स्पर्श जरूरी था क्या
जीतने के लिए संघर्ष जरूरी था क्या

इशारों में भी कह देते तुम बहुत कुछ
फलानी बात पे विमर्श जरूरी था क्या

जब याद आ ही गई थी, तो रो लेते
उदासियों में भी हर्ष जरूरी था क्या

43

खामोशियाँ देखकर मत समझिए कि जुबान नहीं है
आवाज बड़ी बुलंद है, मगर इसका गुमान नहीं है

कितना बेचोगे ईमान-धरम; शर्म है कि नहीं
ये मातृभूमि है, किसी की निजी दुकान नहीं है

कब तक कैद रखोगे ख्वाहिशें इनकी, होशियार रहो
चूलें हिला देगी ये अवाम है, कोई परवरदिगार नहीं है

मैंने देखा है वो आदमी, जो खुद को हिंदुस्तानी कहता है
झोली भरी है घोषणाओं से, मगर कोई सामान नहीं है

छोड़ दो मुगालता कि कब्जा लोगे संसद और विधान
ये मुल्क की मिल्कियत हैं, तुम्हारे बाप का मकान नहीं हैं

44

कौन कहता है कि देश में मंदी आई है
ईमान-धरम बेचिए, इसमें खूब कमाई है

आँख मूँदकर सोचो, तो कुछ भी बुरा नहीं
कितने अच्छे दिन हैं, सुहानी रुत आई है

गजब चौकीदार है, नींद उड़ाकर रख दी
दिन-रात जागते रहो की ऐसी टेर लगाई है

कौन लुटेगा-किसको लूटेगा, ये राम ही जाने
चिह्न-चिह्न रेबड़ी बाँटे, गजब का हातिमताई है

अपनी इज्जत अपने हाथ, एकदम बात खरी है
मुँह खोला तो तय जानो; आपकी जगहँसाई है

घोर कलयुग है, चीरहरण पर भी डिप्लोमेसी देखिए जरा
कृष्ण बोले—'वत्स कौन-सी अपनी है, पड़ोसी की लुगाई है'

45

तेरी गलियों से गुजरने का अब कोई मन नहीं
बहुत नखरे हैं तेरे; तो हम भी कुछ कम नहीं

क्यूँ खामोश हूँ मैं इस कदर; कभी सोचा है
कह तो दूँ; मगर तुम में सुनने का दम नहीं

जगह बड़ी खूबसूरत है; हवाएँ भी तरोताजा
जो दिल को बहला दे; ऐसा वो मौसम नहीं

ठान लिया; गर हिलाने हैं तख्तोताज तो यारों
सोचने का बखत नहीं; कोई भय-भ्रम नहीं

46

मुकद्दर भी खराब है, संघर्ष सतत जारी है
तारे भी हैं जमीं पे, अब भूकंप की तैयारी है

'वक्त है बदलाव का' तुम रत्तीभर न बदले
जरा आइना देखो, कैसी छवि तुम्हारी है

देखना है गर अचंभा आकर कभी पधारो
दुलदुल घोड़ी सी ये सरकार हमारी है

कीचड़ उछालने में है खुद की फजीहत
सरकारी हमाम है, नंगों की बेशुमारी है

47

दिन रात सोया किए; मगर एक भी ख्वाब नहीं आया
लिख-लिखकर आजिज हुआ खत; जवाब नहीं आया

महफिल सजाके बैठा रहा कि कुछ धमाल होगा
लोग तो बेहिसाब पहुँचे; कोई कमाल नहीं आया

कितने बेशर्म हो चले हैं ये थाली में छेद करने वाले
जूते खाकर भी हँसे; चेहरे पे कोई तनाव नहीं आया

फूँक-फूँककर सुलगाते रहे मशालों की चिंगारियाँ; मगर
साँस इस कदर ठंडी थी कि कभी इंक़लाब नहीं आया

48

जो मेरे पास है; वो औरों के पास नहीं है
देख लो आकर के; अगर विश्वास नहीं है

कुछ भी कर सकता हूँ; इतना तो यकीं है खुद पर
जितना बड़ा ख्वाब है; उतना बड़ा आकाश नहीं है

हर तरह भीड़ है अपनों की; फिर भी तलाश है
जाने-पहचाने चेहरे हैं; पर कोई खास नहीं है

काबिल हूँ, कभी आजमाके देख लेना; मगर
तलवे चाटने का हुनर मेरे पास नहीं है

मैं भी कृष्ण हूँ कलयुगी; फर्क इतना है
लीलाएँ बेशुमार हैं; मगर 'रास' नहीं है

49

गर तुमने सच में मित्रता निभाई होती
जानी-दुश्मनी की नौबत न आई होती

न टूटती रिश्तों की डोर मेरे नापाक दोस्त!
गर धागों में चमरगाँठ* न लगाई होती

हम तो हमेशा पड़ोसी धर्म निभाते जाते यूँ ही
गर तुमने मजहबी आग न भड़काई होती

न दुनिया थूकती मुँह पे; न कालिख पुतती
युद्ध में भी हर बार मुँह की न खाई होती

थोड़ी भी इंसानियत बचा लेते, अच्छा होता
तुम्हारी हालत इस कदर न दुखदाई होती

सात खून माफ कर देता भारत; सुनो दुश्मनों!
गर तुमने कश्मीर की रट न लगाई होती

* **चमरगाँठ** = ऐसी गाँठ जो आसानी से नहीं खुलती

50

बड़ी लगन से रोपे थे पौधे आँगन में
हवा चली कैसी कि; मुरझा गए सब

किसी ने न देखा घर का हाल कभी
बँटवारे के वक्त; इकट्ठे आ गए सब

यूँ बड़ी छुआ-छूत थी आपस में मगर
मतलब पड़ा, इक जात आ गए सब

अकसर खाने दौड़ते थे इक-दूसरे को
प्यास लगी तो; इक घाट आ गए सब

कविताएँ

चाँद सी रोटियाँ

जिनके लिए कल भी रोटियाँ चाँद थीं
और कल भी चाँद रहेंगी
जो जागते ही टूट जाते हैं
हमेशा वैसी ही ख्वाब रहेंगी...
तो फिर दुनिया में क्या बदला...
जिनके कंठ कल भी प्यास से सूखते थे
और कल भी सूखे ही रहेंगे...
तृप्ति की उम्मीद हमेशा
एक ख्वाब रहेगी
तो फिर दुनिया में क्या बदला...
कोई सिर पे आसमाँ लेकर घूमता-फिरता है
कोई सिर छुपाने छत ढूँढ़ता फिरता है
तो फिर दुनिया में क्या बदला...
समय बदला...
साल बदला...
अगर सवाल नहीं बदला
तो दुनिया में क्या बदला...
चलो सबकुछ बदल भी जाए
लेकिन इंसान नहीं बदला
तो दुनिया में क्या बदला

चुनावी घड़ी है

किसी के लिए आन बड़ी है
किसी के लिए शान बड़ी है
लेकिन ये जो आम आदमी है न
उसके लिए केवल रोटी बड़ी है

तुमने खाद दिया, पानी दिया
फिर भी मरता गया वो दरख्त
मालूम है क्यूँ; क्योंकि
उस दरख्त पे अमरबेल चढ़ी है

ये जो बदलाव है न
सब आँखों का धोखा है
जिस नई हाँडी में उबाल मार रही
वो ताजी नहीं; बासी कढ़ी है

कितना भी बाहर से पोत लो
और अंदर से सजा लो...
सिर्फ तानाशाही का प्रतीक है
ये जो खंडहर महल और गढ़ी है

तुमको लगता होगा कि
लोकतंत्र में अकेले

तुम्हीं अफलातून हो
यहाँ हर व्यवस्था नकचढ़ी है

जिधर से चला था कारवाँ मुड़कर देखो
ये दुनिया बड़ी गोल है...
सरकार जहाँ से चली थी
फिर वहीं खड़ी है

अभी मौका है
दिल खोलकर फैला लो झोली...
बिन माँगे सब मिलेगा; क्योंकि
ये चुनावी घड़ी है

लोकतंत्र है, तेरे बाप की रेल नहीं है

दीया है, बाती है
लेकिन तेल नहीं है
तेरे इंक़लाबी सुरों में
कोई मेल नहीं है
माना कि बड़ी भीड़ है
शहर-दर-शहर सड़कों पर
लेकिन किसी के भी कदमों में
कोई तालमेल नहीं है
तू आजाद है
तभी हाथों में तख्तियाँ उठा सका
और अभिव्यक्ति पर भी
कोई नकेल नहीं है
हिला सके कोई
बुनियाद इस मुल्क की
याद रखना जेहन में
यह कोई बच्चों का खेल नहीं है
चेन पुलिंग करके कहीं भी
खड़ा कर दोगे मुल्क को
ये लोकतंत्र है
तेरे बाप की रेल नहीं है

सारे गीदड़ भाग उठेंगे

सारे गीदड़ भाग उठेंगे
जब भी शेर दहाड़ेंगे
दुम दबा भागेंगे कुत्ते
जब भी गज चिंघाड़ेंगे
जिसका पानी पीकर तुमने
हिंदुस्तां को कोसा है
जिसके टुकड़ों पे पलते हो
जिस पे तुम्हें भरोसा है
जिसकी भाषा सीख-सीखकर
तुम जो जहर उगलते हो
जिसके कहे इशारे पे तुम
रंग गिरगिट-सा बदलते हो
टुकड़े-टुकड़े मुल्क की बातें
जिसने तुम्हें बताई हैं
जिसने तुमको आग लगाने
की तरकीबें सिखाई हैं
जिसने भी तेरे लहू में ये
उन्मादी जोश जगाया है
जिसने भी तेरे रोम-रोम में
इतना रोष दौड़ाया है
कान खोल सुन लो गद्दारो
चाहे कितना दंभ भरो

कितना भी चीखो-चिल्लाओ
कितना भी हुड़दंग करो
नहीं मिटा पाओगे हस्ती
तुम इस हिंदुस्तान की
दो कड़ी औकात है तेरी
और अब्बू पाकिस्तान की
याद रखो तेरी ये मंशा
मिट्टी में मिल जाएगी
जिधर भी गड्ढे खोदे, तुम्हारी
वही कब्र बन जाएगी

जिस घर में पिता नहीं है

माँ रोती है अकसर
किसी कौने में
फूट-फूटकर
खुद को जब अकेला
महसूस करती है
लेकिन मुझे देखकर
सदैव मुस्करा देती है
वो जानबूझकर ऐसा करती है
मुझे रोते नहीं देख सकती
इसलिए सच कहने से डरती है!
मैं भी रोती हूँ
अकसर घर में
और स्कूल में
जब भी खुद को
अकेला महसूस करती हूँ
मैं भी माँ के सामने
हमेशा मुस्कराती हूँ
क्योंकि मैं भी माँ को
रोते नहीं देख सकती हूँ
इसलिए दिल का गुबार
दिल में ही रखती हूँ!
लेकिन माँ और मैं

एक-दूसरे के सामने
कभी नहीं रोते
बल्कि एक दूसरे का हाथ पकड़कर
गहरी साँस भरते हैं
नम आँखों से
इशारों ही इशारों में
बतियाते हैं
एक-दूसरे का
हौसला बढ़ाते हैं
कि हम अकेले नहीं है
हम साथ हैं
हमेशा साथ हैं!
मैं और मेरी माँ
अकसर तन्हाइयों में
बातें नहीं करते
बस एक-दूसरे को सहलाते हैं
माँ कोई पुराना गाना गुनगुनाती हैं
यह गाना पापा को बहुत पसंद था
माँ अकसर यह बताती हैं

मेरे लिए माँ
और माँ के लिए मुझसे
बढ़कर इस दुनिया में
कोई नहीं है
कहीं नहीं है
क्योंकि मेरे पापा
अब इस दुनिया में नहीं हैं!

बेड़ियों में रोटियाँ

तुम देखना...
रोटियाँ भी बेड़ियों में होंगी
किसी रोज
भूख पर भी भूचाल होगा
किसी रोज

तुम देखना...
आँखों पर बैठा दिए जाएँगे
सख्त पहरे
ख्वाव देखना भी जुर्म होगा
किसी रोज

तुम देखना...
मैं कुछ नहीं कहता;
ये दौर ही कुछ ऐसा है
हर बात पे फिजूल सवाल होगा
किसी रोज

तुम देखना...
जो करना है; कर लो अभी
समय बाकी है

फिर कुछ किया; तो बवाल होगा
किसी रोज

तुम देखना...
क्या हवा-पेड़-पौधे;
पशु-पक्षी और पानी
इनको छूना भी मुहाल होगा
किसी रोज

तुम देखना...
तुम जिंदा होकर भी मुर्दा बनकर
जीया करोगे
और हर घर में अपना श्मशान होगा
किसी रोज

तुम देखना...
अगर देखने को बचे रहे जिंदा
किसी तरह
सब्जबाग-सा हिंदुस्तान होगा
किसी रोज

वो झूला तुम्हारा था...

वो झूला तुम्हारा था
वो आँगन तुम्हारा था
वो झूले की रस्सी
वो झूले का पटिया
सबकुछ तुम्हारा था
फिर मेरा क्या था

वो खेल तुम्हारा था
वो तौर-तरीके
नियम-कायदे
वक्त-पाबंदी
सबकुछ तुम्हारा था
फिर मेरा क्या था

वो दर तुम्हारा था
वो मजलिस तुम्हारी
वो दरबारी तुम्हारे
सबकुछ तुम्हारा था
फिर मेरा क्या था

जो तुमने चाहा
सब वैसा हुआ

वही किया हमने
जैसा आदेश तुम्हारा था
फिर मेरा क्या था
वाजिब सवाल मेरा था
गजब जवाब तुम्हारा था
जब मैं ही तुम्हारा था, तो
सबकुछ तुम्हारा ही तो था
फिर मेरा क्या था

पेड़ हिंसक नहीं होते

पेड़ों का वश नहीं चलता
वर्ना जिन हाथों से
उन पर कुल्हाड़ी चलाई जाती है
वे उन हाथों को काट देते
बुरी दृष्टि डालने वाले
हरेक मुँह नोंच लेते
बददिमाग लोगों की
खाल खींच लेते
टेंटुआ दबाकर
छीन लेते साँसें
न हवा देते
न छाँव देते
अपने हरेक एहसानों का
पाई-पाई हिसाब लेते
पर वो हिंसा नहीं करेंगे
उन्हें मालूम है, अगर वो मरेंगे
तो कोई नहीं बचेगा
सबके सब मरेंगे!

मैं नहीं बदलूँगा

मैं नहीं बदलूँगा
फटे-पुराने और
मैले-कुचेले
कपड़ों की तरह
जो उतारकर फेंक दिए जाते हैं
मैं सिलता रहूँगा उधड़ती बुनियाद को
धोता रहूँगा दागों को
पिरोता रहूँगा निरंतर नए सूत्र में
नई दृष्टि और नए इरादों को
क्योंकि अगर मैं बदल गया
तो सबकुछ बदल जाएगा
फिर मैं जहाँ से चला था
मेरा अस्तित्व जहाँ के तहाँ रह जाएगा
जो भी मेरी गाँठ में है
जिंदगीभर की कमाई
बदलाव की बयार में वो सबकुछ बह जाएगा
इसलिए मैं जैसा था—वैसा ही रहूँगा
तुम बदलना चाहो, तो बदल जाओ
मैं कुछ नहीं कहूँगा,
लेकिन मैं जो हूँ वहीं रहूँगा
जैसा था—वैसा ही रहूँगा

रक्तरंजित कश्मीरी सेब

जिस सेब को मैंने चबाया
उसमें खून था
मेरे दाँतों में भी खून था
ये खून कहाँ से आया?
सेब तो एक फल है
कोई पशु या इंसान नहीं
जिसे मैंने नरभक्षी की भाँति
चबा लिया हो
फिर मेरे मुँह में खून
कहाँ से आया?
कहीं सेब खून में डुबोकर
तो नहीं धोये गए थे?
कहीं सेबों को चमकाने
मजदूरों ने अपनी हथेलियाँ
इन पर रगड़-रगड़कर
लहू-लुहान तो नहीं
कर ली थीं?
समझ नहीं आ रहा है
मैंने सेब का खून पीया है
या सेब ही कश्मीरी बागान से
किसी का खून पीकर आ रहा है

हम भी देखेंगे...इक दिन

हम भी देखेंगे...इक दिन
न तेरा वो जहान बचेगा
न तेरा वो आसमान बचेगा
न तेरी वो हस्ती बचेगी
न तेरी वो बस्ती बचेगी
न तेरी वो आस बचेगी
न तेरा वो विश्वास बचेगा

हम भी देखेंगे...इक दिन
न तेरा वो घर बचेगा
न तेरा वो सर बचेगा
न तेरा वो राज बचेगा
न तेरा वो ताज बचेगा
न तेरी वो जुबाँ बचेगी
न तेरा वो गुमाँ बचेगा

कान खोलकर सुने कौम वो
जिनका धर्म गुमानी है
खुद का खून; खून है
औरों का खून गर पानी है
जिनके हैं नापाक इरादे
जिनकी नीयत हरामी है

हम भी देखेंगे...इक दिन
न तेरी वो साख बचेगी
न तेरा वो पाक बचेगा

खड़े अकड़ जो सारे 'गुंबद'
किसी रोज ढह जाएँगे
हम भी देखेंगे...इक दिन
खाक हुई जो दुनिया अकेले...
क्या अल्लाह रह पाएँगे?
किसका दर्द सुनेंगे और...
किसको दर्द सुनाएँगे?

धर्मस्थल से बेहतर थाने

धर्मस्थल से बेहतर थाने होते हैं
जहाँ देर-अंधेर सही;
अंतत: फरियाद सुनी जाती है
धर्मस्थल में तो
पीड़ा सुनकर भी
अनसुनी हो जाती है
हर धर्मस्थल का
अलग धर्म होता है
और हर धर्म का
अलग स्थल होता है
लेकिन पुलिसवालों का
एक ही धर्म:
एक ही कर्म।
देशभक्ति सर्वोपरी
जनसेवा परमो धर्म:
हर धर्मस्थल में
मत्था टेकने वालों की
हैसियत परखी जाती है
गरीबों की लाइन अलग होती है
अमीरों की प्रार्थना
अलग से सुनी जाती है
जाहिर है

कुछ भ्रष्ट-निकृष्ट
जुल्मी-अत्याचारी
अमानवीय-व्यभिचारी
पुलिसवालों से लगता है कलंक
पर हर पुलिसवाला
बेईमान नहीं होता है
ईमान नहीं खोता है
गलतियाँ वो भी करते हैं
क्योंकि पुलिसवाला
भगवान नहीं होता है
पुलिसवाला हमारे बीच से ही
एक इंसान होता है
देशभक्ति-जनसेवा
जिसका जीवन होता है
फर्ज पर जीते-जीते ही
जिसका 'मरण' होता है

अपना-अपना धर्म

कायदे में रखो अपना धर्म
अपनी जुबाँ और अपनी भाषा
खबरदार! जो किसी ने किसी और की
भाषा का इस्तेमाल किया
जो किसी ने किसी की
भाषा को अपनी जुबाँ पे लाकर
कोई सवाल-जवाब किया
पक्का प्रण कर लो
अपनी-अपनी भाषा
अपने-अपने दिमाग में
अच्छे से ठूँस लो; धर लो!
शुद्ध 'हिंदी' में समझो तो...
उर्दू तेरी भाषा
संस्कृत मेरी भाषा
जो भाषा मेरी है
उस पे न हक तुम्हारा होगा
और जो भाषा तुम बोलोगे
उस पे न हक हमारा होगा!
अपनी-अपनी भाषाओं की
अच्छे से गाँठ बाँध लो
अपनी-अपनी भाषा
को लेकर सजग हो जाओ

सौगंध है धर्म की
कट्टर हो जाओ
अपनी-अपनी जुबाँ पे
अपनी-अपनी भाषा रखो
किसी और की भाषा का इस्तेमाल करना
अब से एक जुर्म होगा!
इससे भी बड़ा अधर्म होगा
यह जिह्वा के संग
अक्षम्य कुकर्म होगा!

किसी रोज इंसान गिरेंगे...

तख्त गिरे तो...
ताज गिरेंगे
किसी रोज सब राज गिरेंगे
शब्द गिरे तो...
गाज़ गिरेंगे
मिट्टी में अल्फाज़ गिरेंगे

धन्य गिरे तो...
धान गिरेंगे
आम और सब धनवान गिरेंगे

सुर गिरे तो...
साज गिरेंगे
महफिल से आवाज गिरेंगे

गिद्ध गिरे तो...
कौआ गिरेंगे
धड़-धड़ सारे हौवा गिरेंगे

ख्वाब गिरे तो...
शबाब गिरेंगे

शाह और सभी नवाब गिरेंगे

कर्म गिरे तो...
धर्म गिरेंगे
दोजख में बेशर्म गिरेंगे

सूर्य गिरा तो...
आसमान गिरेंगे...
किसी रोज इंसान गिरेंगे

पुलिस वाले की कहानी

अकसर गालियाँ खाकर
घर लौटते हैं
कभी सिर पर पत्थर
तो कभी फटेहाल
कभी खून-पसीने से लथपथ
तो कभी हाल-बेहाल
कभी तो; रात-रातभर
घर नहीं लौटते
कभी सूरज उगने से पहले
घर से निकल जाते हैं
अपना-पराया
अमीर-गरीब
जात-पात
कर्म-धर्म
हरेक की मदद
को अपना ईमान-धर्म
समझते हैं
संकट के वक्त
जब सारे पीछे हट जाते हैं
तब सबसे आगे होकर
देश का मान बचाते हैं
कोई बेईमान कहता है

कोई गुंडा
कोई घृणा करता है
रोज नया अपमान सहते हैं
क्रांति-अशांति
भय-भ्रांति के बीच
नागरिकों की जान-सामान
घर-सम्मान
और देश के स्वाभिमान के लिए
बगैर किसी अहसान के
अपनी जान तक गंवाते हैं
कोई कहता है ठुल्ला
कोई सरकार का दल्ला
न जानें कितने अपशब्दों को सहकर भी
अपना फर्ज निभाते हैं
आँधी-बारिश
सर्दी-गर्मी
हर मौसम में
मुस्तैद रहते हैं
इसी धर्मनिरपेक्ष-मानव जाति को
पुलिसवाला कहते हैं

पत्थरबाज लड़का

बेटे के हाथ में पत्थर देखकर
अगर खुश होगी माँ
बेटे की आँखों में खून देखकर
अगर गर्व करेगा पिता
भाई में हिंसक जानवरों सा बर्ताव देखकर
अगर मुस्कराएगी बहन
भाई अगर अपने भाई की आँखों में
हैवानियत देखकर सीना चौड़ा करेगा...
तो याद रखना
किसी दिन यही बेटा और भाई
सारी दुनिया को तहस-नहस करके
जब घर लौटेगा...
उस दिन अगर वो माँ पर थूके
पिता को पीटे
भाई को मारे
बहन की इज्जत पर हाथ डाले...
तब ईश्वर-खुदा की दुहाई मत देना...
क्योंकि बेटे को ऐसे संस्कार
तुमने स्वयं दिए...
किसी और ने नहीं!

हम भी गिरगिट, तुम भी गिरगट

हम भी गिरगिट
तुम भी गिरगिट
चलो देखते हैं
कौन पहले रंग बदलता है
इधर से हम आग लगाते हैं
उधर से तुम आग लगाओ
चलो देखते हैं
किसका घर पहले जलता है
इधर से हम पत्थर फेंकते हैं
उधर से तुम पत्थर फेंको
चलो देखते हैं
किसके सिर पहले घलता है
हम भी ग्रहण हैं
तुम भी ग्रहण हो
चलो देखते
कौन किसको पहले लगता है
यहाँ से हम फूँकते हैं
वहाँ से तुम फूँको
चलो देखते हैं
किसका दीया बुझता है
किसका जोर पकड़ता है

मेरी कौम जिंदाबाद...बाकी सब मुर्दाबाद

एक पत्थर मारना होगा
अपने पैरों पर
अपनी अक्ल पर
तभी दोनों खुराफात
के लिए चल पड़ेंगे

पीटनी होंगी छातियाँ
लहूलुहान होने तक
जलानी होंगी बस्तियाँ
भड़काने होंगे दंगे
तभी पहुँचेगी कलेजे को ठंडक
बुझेगी दिलो-दिमाग
में सुलगती आग

जिस दिन सारी दुनिया
खत्म हो जाएगी
नष्ट हो जाएगी मानव सभ्यता
तब बच पाएगी हमारी कौम
हमारा मजहब
और हमारा रब

तो फिर उठा लो पत्थर
फोड़ दो सबके सिर
जला लो मशालें
लगा दो सबको आग...
और जोर से बोलो—इंक़लाब जिंदाबाद
मेरा मजहब जिंदाबाद
मेरी कौम जिंदाबाद
बाकी सब मुर्दाबाद
मुर्दाबाद...मुर्दाबाद

अ-धर्म स्थल

एक बोला मंदिर बड़ा है
दूसरा बोला मस्जिद
तीसरा बोला गुरुद्वारा बड़ा है
चौथा बोला चर्च बड़ा है
जिधर से ये बात बढ़ी थी
वहाँ हर तरफ खंडहर पड़ा है

एक बोला हिंदू बड़ा है
दूसरा बोला सिख
तीसरा-चौथा-पाँचवाँ बोला बौद्ध-जैन, ईसाई बड़ा है...
आखिरी बोला मुस्लिम बड़ा है
जिधर से ये उन्माद बढ़ा था
वहाँ कटी-फटीं जुबान पड़ी हैं
हर तरफ सिर-पैर-धड़ पड़ा है

एक बोला मेरी जात बड़ी है
दूसरा बोला मेरी जात
तीसरा-चौथा-पाँचवाँ हर आदमी बोला मेरी जात बड़ी है
जिधर से ये विवाद बढ़ा था
वहाँ कतरा-कतरा सबका लहू पड़ा है

एक बोला अक्ल बड़ी है

दूसरा बोला भैंस
तीसरा बोला हथियार बड़ा है
चौथा बोला बलवान बड़ा है
जहाँ से ये उत्पात बढ़ा था
वहाँ टुकड़े-टुकड़े जमीर पड़ा है
टुकड़े-टुकड़े इंसान पड़ा है

तुम इंसान हो अगर...

एक बोला—मैं सिख हूँ
दूसरा बोला—मैं ईसाई हूँ
तीसरा बोला—मैं हिंदू हूँ
चौथा बोला—मैं मुसलमान हूँ
जब पाँचवें ने कहा—मैं इंसान हूँ
यह सुनकर चारों के
खड़े हो गए कान
तुझे थोड़ी-सी भी शर्म नहीं है
हमारे साथ कैसे खड़ा हो गया?
जब तेरा कोई मजहब नहीं है!

पत्थरबाजी

नदी या तालाब की
लहरों पर पत्थर फेंककर
बड़ा सुकून मिला
आम-अमरूद-इमली तोड़ने
पेड़ों पर पत्थर फेंककर
बड़ा मजा मिला
पत्थरों से सतोलिया
यानी पिट्ठू या लगोरी खेलने में
बड़ा आनंद मिला
दोस्तों को पत्थर फेंककर
कैच कराने में
बड़ा मनोरंजन मिला
लेकिन, जब भीड़ से
पत्थरबाजी होती है
बहुत शर्मिंदगी होती है

ये डर क्यों है?

खुदा के साये में
जब मुस्लिम महफूज हैं
फिर मस्जिदों की मीनारें
देखकर हिंदू डरते क्यूँ हैं
अजान सुनकर
दिल बेवजह धड़कते क्यूँ हैं
भगवान की शरण में
जब चैन-सुकून मिलता है
फिर मंदिरों के आगे से गुजरते वक्त
मुस्लिम घबराते क्यूँ हैं
घंटियों की आवाज सुनकर
मंदिरों से नजरें चुराते क्यूँ हैं
वैसे सभी उम्मीद करते हैं कि
हिंदू और मुसलमान हिलमिलकर रहें
तो खुदा और भगवान परस्पर अछूत क्यों?
हिंदू-मुस्लिम दोनों के पीछे
मजहबी भय का भूत क्यों?
जब खुदा-भगवान दोनों का संदेश एक ही है
इंसानियत-प्यार और परोपकार
फिर मस्जिदों और मंदिरों से निकलते ही
झुके सिर अहंकार से क्यूँ तन जाते हैं
क्यों जुबाँ पर जहर और

सीने में आग के गुबार
उमड़-घुमड़ आते हैं?
है किसी के पास कोई उत्तर
तो जरूर बताएँ
लेकिन खुदा कसम
भगवान की सौगंध सच बताए
जिसका दिल पाक हो
जुबाँ साफ हो
वही इंसान सामने आए
अपने-अपने झूठ से
अपने-अपने खुदा-भगवान को बचाए!

सब उल्टा है...पुल्टा है

उल्टा हूँ—पुल्टा हूँ
विचारों से निर्लज्ज
और चरित्र से कुल्टा हूँ

भेद हूँ—विभेद हूँ
बिन पैंदी का लोटा
और थाली का छेद हूँ

घात हूँ—विश्वासघात हूँ
कर्म से झंड हूँ
और धर्म से उदंड हूँ

दंगा हूँ—लफंगा हूँ
बाहर से चिकना घड़ा
और अंदर से नंगा हूँ

साम हूँ—दाम हूँ
दाद-खाज-खुजली हूँ
और जीना हराम हूँ
अनाम हूँ—बदनाम हूँ
दिमाग से सटका
और भटका हुआ 'वाम' हूँ

क्लेश हूँ—ठेस हूँ
हूँ बड़ा कलंक मैं
और दोहरा फेस हूँ
हल्ला हूँ—गुल्ला हूँ
फटे में टांग अड़ाता हूँ
और बहुत बड़ा ठुल्ला हूँ

ढोल हूँ—पोल हूँ
बुझी हुई मशाल हूँ
फिर भी हल्लाबोल हूँ
गिद्ध हूँ—विरुद्ध हूँ
खूं में मेरी गद्दारी
और स्वयंभू शिद्ध हूँ

मैं ही हिंदू हूँ...मैं ही मुस्लिम हूँ

मैं ही हिंदू हूँ
और मैं ही मुसलमाँ हूँ
मैं ही इस मुल्क का
अद्भुत समाँ हूँ
किसकी है औकात
जो मिटा दे हस्ती हमारी
कहने को दो मजहब हूँ
मगर एक हिंदुस्तां हूँ
कोई कितना भी जहर घोले
हम शिव बनके गटक लेंगे
अल्लाह के करम से
इस मुल्क का गुमाँ हूँ
तुम बाँट दो घरों को
और बस्तियाँ जला दो
हम फिर से जी उठेंगे
इतना खुशनुमा हूँ
तुम मंदिरों में ढूंढों
और मस्जिदों में झांकों
मैं मिट्टी और हवा हूँ
मैं हर जगह नुमा हूँ
कहने को दो मजहब हूँ
मगर एक हिंदुस्तां हूँ

धर्मयुद्ध

मंदिर पे भी गिद्ध
मस्जिद पे भी गिद्ध
तन से संताप में
मन से क्रुद्ध
राग है
द्वेष है
चित्त में क्लेश है
कर्म से समवेत
धर्म से विरुद्ध
ताव है
अलगाव है
आखिरी ये दाँव है
चोंच पूरी खुल गई
बोलना निरुद्ध
शेर है
शमशेर है
बारूदों का ढेर है
दोनों हैं उन्माद में
क्या यही है धर्म युद्ध?

तुम हमेशा अकड़े रहते हो

समझ नहीं आता
जब तुम हमेशा
अकड़े रहते हो
तो ऊपरवाले के आगे
कैसे झुकते होगे?

तुमने यह जादूगरी
कहाँ से सीखी?
सबको नीचा दिखाने
का दंभ रखने वाला
ऊपरवाले के आगे
अपना सिर नीचे
कैसे कर लेता है?
हमेशा दिल में कई राज़
दफन करके चलना वाला
ऊपरवाले के आगे
दिल खोलकर कैसे रख देता है?

वैसे सच कहूँ
तुम्हें किसी के आगे
झुकने की आवश्यकता क्या है
तुम्हारा कौन क्या बिगाड़ लेगा

तुम तो खुद स्वयंभू हो
जो चाहे बना सकते हो
जिसे चाहे मिटा सकते हो
फिर जमीं वाला हो या ऊपरवाला

हम भी देखेंगे

गर रहे जिंदा
तो कल की सुबह-शाम
हम भी देखेंगे
क्या होता है इस मुल्क का इम्तिहान
हम भी देखेंगे

कहाँ पहुँचाएगी ये नफरत हमारी
वो अंतिम मुकाम
हम भी देखेंगे

आसमान बाँट दो और जमीं काट दो
वो टुकड़ा टुकड़ा जहान
हम भी देखेंगे

हमारा जुनून और इंक़लाबी जोश
क्या होता है अंजाम
हम भी देखेंगे

तुम खंजर चलाना और हम बंदूकें
निकलते हुए प्राण
हम भी देखेंगे

उठने दो बवंडर मुल्क के अंदर
हर तरफ मौत का तूफान
हम भी देखेंगे

अगर रहे जिंदा तो तय है
दम तोड़ता इंसान
हम भी देखेंगे

व्यंग्य कविताएँ

गांधी v/s गोडसे

पहले मैंने उसे मारा
फिर उसने मुझे मारा
दोनों ने मिलकर तीसरे को
फिर तीनों ने मिलकर चौथे को
इस तरह शुरू हो गई मारामारी
मामला कोर्ट पहुँचा

जज ने पूछा
सबसे पहले किसने किसे मारा?

वकील बोला, सबने एक-दूसरे को मारा
पहले किसने किसे मारा
यह जाँच का विषय है

पुलिस ने गवाही दी
जज साहब! हमने लॉकर में लाकर सबको मारा
सब यही कहते रहे कि पहले इसने...मुझे मारा...

जज ने एक शख्स से पूछा
तुम सबसे आखिर में पिटे
इसका मतलब, तुमने किसी को नहीं मारा?

वो शख्स बोला, जज साहब! इनसे पिटने के बाद
मैंने घर जाकर अपनी बीवी को मारा
और फिर उसने बच्चों को...
मेरे बच्चों ने गुस्से में पड़ोसी के बच्चों को मारा...
पड़ोसी के बच्चों ने दूसरे पड़ोसी के बच्चों को...
इस तरह सब एक-दूसरे को मारते चले गए

जज बोला, चलो! जिसने भी जिसको पहले मारा...
लेकिन मैंने आज तक किसी को नहीं मारा...
इसलिए मैं अकेला गांधीवादी हूँ...
और तुम सब गोडसे के अनुयायी हो...
इस देश में हिंसा की कोई जगह नहीं है
इसलिए अपना फर्ज निभाता हूँ...
तुम सबको फाँसी पर चढ़ाने का
हुक्म सुनाता हूँ...
Hang Till Death

हम जहाँ खड़े होते हैं

हम जहाँ खड़े होते हैं
लाइन वहीं से शुरू होती है
लेकिन मैं कोई अमिताभ बच्चन नहीं हूँ
जिसे देखकर कोई अपनी जगह छोड़ दे
मैं आम आदमी हूँ, इसलिए
दफ्तरों से लेकर मंदिरों तक
कीड़े-मकोड़ों से रेंगते हुए
पहुँचते पाते हैं आखिर तक
लाइन भी कोई आम नहीं
अच्छी-खासी लंबी होती है
ट्रेन का हो; बस का सफर
बैंक हों या गैस गोदाम
झाँकियाँ देखना हों
या कोई हाट-मेला
खानी पड़ती हैं
सिक्योरिटी की गालियाँ
लाइन में लगातार धक्के
तब कहीं; मंजिल थोड़ी-थोड़ी
मेरी ओर सरकती है
आम आदमी की जिंदगी ऐसी ही होती है
लाइन से शुरू होती है
लाइन में ही खत्म होती है

एक अंधेर नगरी थी

एक अंधेर नगरी थी
एक चौपट राजा था
नहीं किसी की सुनता था
बस, जै-जैकार कराता था
प्रजा भी वैसा गाती थी
राजा जैसा बजाता था
एक बार की बात है
राजा बोला—मैं जो कहूँ तुम वैसा कहना
प्रजा बोली—हूँ
राजा बोला—मैं भगवान हूँ
प्रजा बोली—मैं भगवान हूँ
राजा बोला—अभी रुको, इसके बाद बोलना
प्रजा बोली—हूँ
राजा बोला—मैं बलवान हूँ
प्रजा बोली—मैं बलवान हूँ
राजा बोला—अरे नालायकों, इसके बाद बोलना
प्रजा बोली—हूँ
राजा बोला—तुम्हारी नकेल मेरे हाथ
प्रजा बोली—तुम्हारी नकेल मेरे हाथ
राजा बोला—हरामखोरो! अभी नहीं, इसके बाद
प्रजा बोली—हूँ
राजा बोला—मैं नहीं; तो तुम नहीं

प्रजा बोली—मैं नहीं; तो तुम नहीं
राजा भड़का—चुप
प्रजा भड़की—चुप
राजा को गुस्सा आया—मैंने कहा; चुप
प्रजा को गुस्सा आया—मैंने कहा; चुप
राजा ने तलवार निकाली प्रजा की गर्दन पर रखी—पहले मेरी बात सुनो
प्रजा ने तलवार निकाली राजा की गर्दन पर रखी—पहले मेरी बात सुनो
राजा बोला—हद नालायक हो तुम
प्रजा बोली—हद नालायक हो तुम
राजा ने माथा पीट लिया
प्रजा ने माथा पीट लिया
राजा बोला—चुप रहो; वर्ना फाँसी पर लटका दूँगा
प्रजा बोली—चुप रहो; वर्ना फाँसी पर लटका दूँगा
राजा समझ गया कि प्रजा हद बेवकूफ है
प्रजा समझ गई कि राजा हद बेवकूफ है
राजा ने गुस्से में प्रजा की गर्दन काटने की ठानी
प्रजा ने गुस्से में राजा की गर्दन काटने की ठानी
दोनों मर गए; खतम कहानी!

राम ने रावण पर तीर छोड़े

राम ने रावण पर तीर छोड़े
गलती से वो मंच पर बैठे
नेताजी को जा लगे
नेताजी मर गए
राम घबरा उठे—हे भगवान! निशाना कैसे चूका
लोग बोले—चूका नहीं है,
काम कर गया
इस बार सच में
रावण मर गया!

राम ने कई तीर छोड़े

राम ने कई तीर छोड़े
पर रावण नहीं जला
यह देखकर मंच पर बैठे नेताजी
आयोजक पर भड़क उठे
पता करो ये पटाखे
किस हरामखोर के यहाँ से आए थे
आयोजक फुसफुसाया—धीरे बोलिए!
ये आपकी ही फैक्ट्री से लाए थे!

नेताजी v/s रावण

नेताजी ने ऐलान किया
इस बार की रामलीला में
वे खुद राम बनेंगे
यह सुनते ही रावण डर गया
इससे पहले कि बेइज्जती होती
मरने से ही पहले ही मर गया!

रावण की मॉब लिंचिंग

सीता का हरण करके जा रहा था रावण
रास्ते में पब्लिक ने घेर लिया
भीड़ देखकर रावण इतना डर गया
'मॉब लिंचिंग' के खौफ से
दशहरे से पहले ही मर गया!

पर रावण नहीं मरा

राम ने बहुत तीर छोड़े
रावण फिर भी नहीं मरा
राम ने पूछा—अबे तू क्यों नहीं मरता
रावण बोला—'मैं किसी के बाप से नहीं डरता
वैसे भी KBC में सुना ही होगा
अगर खुद पे है विश्वास
तो खड़े रहो, अड़े रहो!'

मुकदमा जारी है...

एक आदमी ने
लगाई कोर्ट में अर्जी

जज साब!
मेरी जमीन की
करा ली है किसी ने
रजिस्टरी फर्जी
आपको राम की सौगंध
मेरा हक दिलवाओ
दबंगों से झटपट
जमीन छुड़वाओ

राम की सौगंध सुन
जज ने हाथ जोड़े
भाई साब! हम जज हैं
भगवान थोड़े
अभी-अभी तो
कोर्ट की सीढ़ी चढ़ी है
लड़ते रहिए मुकदमा
इतनी भी क्या
जल्दी पड़ी है
जज अगर फटाफट

फैसला पढ़ रहे होते
तो क्या रामलला इतने सालों से
अयोध्या में जमीन की लड़ाई
लड़ रहे होते?

एक युवा नेता ने पकड़ी जिद

एक युवा नेता ने पकड़ी जिद
सर! मैं अब बड़ा हो गया हूँ
खुद के पैरों पर खड़ा हो गया हूँ
अब मैं भी सर!
कार चलाऊँगा
आधे रास्ते आप चलाओ
आधे के बाद मैं भगाऊँगा
आप बाजू में बैठना
रास्ता बताना
बीच में आए कोई
'हट-हट' करके हटाना

युवा नेता की बात सुनकर
अंकल का सिर चकराया
अंकल ने उसे पास बुलाया
कुछ कड़वे किस्से सुनाए
कुछ उदाहरणों से समझाया
बेटा! तू नौजवान है
मजे से सफर कर
काहे को परेशान है
अभी तू ठीक से
स्टीयरिंग नहीं सँभाल पाएगा

किसी में ठोक-ठाक दी, तो...
तू भी पिटेगा...
और मुझे भी पिटवाएगा

युवा नेता ने किया पलटवार
सर! कार पर सिर्फ
आपका नहीं अधिकार
सर! 'कार' पर
पापा का भी हक है
इसे कर लो स्वीकार
हम तो अड़े रहेंगे
आधे रास्ते आप मजे मारो
आधे के बाद हम
स्टीयरिंग पर चढ़े रहेंगे
वर्ना बताए देता हूँ...
न हमारी-न तुम्हारी...अभी
सर! कार को ठिकाने लगाए देता हूँ

नेताजी और टमाटर

नेताजी सब्जी खरीदने निकले थे
उन्हें एक ठेले पर
सड़े-गले टमाटर दिखे
नेताजी ठिठक कर रुके
सब्जीवाले के करीब आए
और फुसफुसाए
तूने क्या जनता को
वेबकूफ समझा है
जो ये सड़े-सड़ाए
टमाटर बेच लेगा

सब्जीवाले ने मुस्कराकर देखा
नेताजी! उम्मीद है
हमारे भी 'अच्छे दिन आएँगे'
जब लिजलिजे विधायक बिक सकते हैं
तो पिलपिले टमाटर भी बिक जाएँगे!

पुलिस V/S वकील

गाली-गलौज
झगड़ा-लड़ाई
तबीयत से मार-कुटाई
तसल्ली से करके
आपस में ऐसी-तैसी
अंत में अदालत में हुई
पुलिस-वकील की पेशी
जज ने गुस्सा जताया
दोनों को पेल के
कानून का पाठ पढ़ाया
अपनी सफाई में
कुछ कहना चाहोगे
या सीधे जेल जाओगे?

पुलिस ने गीता पर रखकर हाथ
दबंगई से रखी बात—
जज साब!
मैं जो कहूँगा
डंडे की चोट पे कहूँगा
खाकी पहनी है
गांधी बनके नहीं रहूँगा
वकील साब हमें कानून सिखा रहे थे

बात-बात पे धौंस दिखा रहे थे
पुलिस को कमजोर समझ रहे थे
वकीलों को पॉवरफुल बता रहे थे
हिम्मत तो देखो!
इक पुलिसवाले को गाली देने से रोक दिया?
जज साब!
इसलिए गुस्से में हमने इनको ठोक दिया

जज ने वकील से पूछा—
तुम सफाई में कुछ कहोगे
बहस करोगे या चुप रहोगे
वकील ने सीना फुलाया
काले कोट का पॉवर बताया
पुलिस हमें डंडा दिखा रही थी
एक वकील को कानूनी दाँव-पेंच
दिखा रही थी
जज साब!
पुलिस सिर्फ सबूत इकट्ठा करती हैं
किसे न्याय मिलेगा—किसे नहीं
अदालत वकीलों की बहस पर ही
तय करती है
जज साब!
अगर पुलिस स्वयं को श्रेष्ठतम न बताती
तो इक वकील से मार न खाती

जज ने कहा—अब मैं तुम दोनों को
अपनी ताकत बताऊँगा
जिंदगीभर जेल में सड़ोगे
ऐसी सजा सुनाऊँगा

पुलिस ने दिया जवाब—
जज साब!
आप सजा तो तब सुनाएँगे
जब पुलिसवाले पूरे—सच्चे सबूत
अदालत तक लाएँगे

अब वकील की बारी थी—
जज साब!
हम सच को झूठ
झूठ को सच बना देंगे
फिर किस आधार पर
आप हमें सजा देंगे
इसलिए बहस न करिए
बाइज्जत हमें बरी करिए
ये अंधा कानून है
अदालत यह बात क्यूँ भूली है
हमसे अच्छे-खासों की फटती है
फिर ये 'कानून' किस खेत की मूली है?

नये साल में क्या नया करूँगा

सोचा तो मैंने भी था कि
नये साल में कुछ नया करूँगा
पर क्या करूँ?
देखो! इतनी ठंड है
कि जिंदगी झंड है
किटकिट-किटकिट दाँत हो रहे
कंपकंपी प्रचंड है
दुबका पड़ा रजाई में
कसरत-वसरत बंद है

कैसे कुछ नया करूँ
जब अनमना-सा मन है
निल बटे सन्नाटा खोपड़ी
ढीला-ढक्कन-सा तन है
इसलिए अभी कुछ
नया नहीं करूँगा
सुबह देर से उठूँगा
दफ्तर जाऊँगा
वहाँ से लौटकर
फिर रजाई में घुस जाऊँगा

आप लोग भी ठंड देखते हुए
फिलहाल, नये संकल्पों को आग लगाएँ
अगर फिर भी जिद है
कुछ नया-वया करनी की
तो फिर चूल्हे में जाएँ
मेरी तरफ से नये साल की
'ठंडी-ठंडी' शुभकामनाएँ

जल्लाद कौन है

जो निर्भया के दोषियों को
मृत्युदंड तक पहुँचाएगा
वो जल्लाद कैसे?
जो पापियों का अंत करेगा
वो जल्लाद कैसे?
जो तमाम निर्भयाओं की
आत्मा को शांति देगा
वो जल्लाद कैसे?
जल्लाद तो क्रूर आदमी को कहते हैं
जल्लाद तो खुद
किसी हैवान/शैतान को कहते हैं
जैसे कि ये निर्भया के दोषी हैं
जल्लाद तो ये थे
इनका संहार करने वाला जल्लाद कैसे?
जिसके हाथों में खुद यमराज विराजते हों
भुजाओं में नरसिम्हा
उसे जल्लाद क्यूँ कहें?
राक्षसों को मारने वाले को
रक्षक नाम क्यूँ नहीं दे सकते
.उसे भगवान क्यूँ नहीं कह सकते
उसे जल्लाद क्यूँ कहें?
उसे कोई दूजा नाम क्यूँ नहीं दे सकते?

पढ़ाई-लिखाई चूल्हे में जाए

हाथ दुःखे
कर-करके लिखाई
सिर दुःखे
कर-कर के पढ़ाई
जब देखो
तब करो पढ़ाई
भगवान करे यह लिखाई-पढ़ाई
सबका सब चूल्हे में जाए!

भारी किताबें
भरकम बस्ता
कमर टूटती
हालत खस्ता
गिरता-पड़ता
स्कूल का रस्ता
भगवान करे यह रस्ता-बस्ता
सबका सब चूल्हे में जाए!

झूठ कहूँ तो
काटे कौआ
सच बोलूँ तो
बनता हौआ

बड़ी टेंशन
हैगी भैया
भगवान करे यह कौआ-हौआ
सबका सब चूल्हे में जाए!

कोई कहे
तू बच्चा है
कोई कहे
'बड़ा' अच्छा है
घर-स्कूल
सब हिटलर-शासन
भगवान करे यह शासन-अनुशासन
सबका सब चूल्हे में जाए!

www.ingramcontent.com/pod-product-compliance
Lightning Source LLC
LaVergne TN
LVHW090419051026
849518LV00006B/2378
* 9 7 8 8 1 9 4 5 4 4 4 8 7 *